Decamps 1860 (Avril 10)

CATALOGUE

DE

DESSINS & AQUARELLES

VENTE

Le Mardi 10 Avril 1860

EXPOSITION LE LUNDI 9

Mᵉ Eugène ESCRIBE, Commissaire-Priseur

M. Françis PETIT, Expert.

RENOU et MAULDE, Imprimeurs de la Compagnie des Commissaires-Priseurs,
rue de Rivoli, 144.

CATALOGUE

DE

DESSINS

ET

AQUARELLES

DONT LA VENTE AURA LIEU

HOTEL DROUOT, SALLE N° 2

Le Mardi 10 Avril 1860, à 2 heures

Par le ministère de Mᵉ **ESCRIBE**, Commissaire-Priseur,
Successeur de M. RIDEL, 217, rue Saint-Honoré,

Assisté de M. **François PETIT**, Expert, rue de Provence, 43,

Chez lesquels se distribue ce Catalogue.

EXPOSITION PUBLIQUE

Le Lundi 9 Avril 1860, de midi à cinq heures.

1860

CONDITIONS DE LA VENTE.

———

Elle sera faite au comptant.

Les Acquéreurs paieront, en sus des adjudications, cinq pour cent applicables aux frais.

DÉSIGNATION

BONHEUR (ROSA)

1 — Le Labourage.

Dessin à la plume.

BAUDOUIN

2 L'Épouse indiscrète.

Première composition, Gouache.

CICÉRI (ERNEST)

3 — Paysage.

Aquarelle.

4 — Bords de rivière.

Aquarelle.

COIGNARD

5 — Troupeau sur la lisière d'un bois.

Dessin.

DECAMPS

6 — Jeune Mère et son Enfant.

Dessin.

7 — Batelier du Rhône.

Fusin.

DELAROCHE (PAUL)

8 — Un Seigneur du temps de Louis XIII.

Dessin.

DE DREUX (ALFRED)

9 — Son Portrait.

Dessin.

GAVARNI

10 — Femme des environs de Glascow.

Aquarelle.

LAMI (EUGÈNE)

11 — Cuirassier à cheval.

Aquarelle.

MARILHAT

12 — Environs du Caire.

Dessin.

13 — Femme mauresque.

Aquarelle.

NAPOLÉON (LOUIS-BONAPARTE)

14 — Dragon chargeant.

Sépia.

PATRY

15 — Baigneuse surprise.

Dessin.

VERDIER

16 — Négresse.

Dessin.

AQUARELLES

PAR

ED. DE BEAUMONT

17 — Le Retour de l'armée.

18 — Appuyé sur une côte, il attend que la *mère* se retire.

19 — Gamme de Tons.

20 — Profil de Mme la baronne de Saint-Amour, née Souillon.

21 — Elle — n'a jamais été coquette.

22 — Un cœur à vendre.

23 — Il avait osé la soupçonner !

ED. DE BEAUMONT (SUITE)

24 — Un four à cœur.

25 — Un homme sociable.

26 — Une machine à faire le vide.

27 — Toucher le port sans mouiller l'ancre.

28 — Mille grâces, Madame, je suis allumé.

29 — Elle lui résistait; il l'a assassinée !

30 — En reconnaissance.

31 — Un Bébé qui a faim.

32 — Comment se fait un canon?

33 — Un pierrot qui cherche à faire son nid.

ED. DE BEAUMONT (SUITE)

ED. DE BEAUMONT (SUITE)

44 — Pour plaire, on se fait dorer.

45 — Un procès-verbal.

46 — Seine-Inférieure.

47 — Clôture en baisse.

48 — École du baiser.

49 — Professeur à l'École des mines.

50 — Tendresse.

51 — La Promesse de Mariage.

52-53 — Les Enfants du Progrès.

Deux dessins.

ED. DE BEAUMONT (SUITE)

UN CORSAIRE A PARIS

Série de 7 Dessins

AQUARELLES

PAR

JUSTIN OUVRIÉ

61 — Saint-Goar.

62 — A La Haye.

63 — En Allemagne.

64 — Strasbourg.

65 — Baccharat, sur le Rhin.

66 — Près Dunkerque.

67 — Lintz, sur le Rhin.

68 — A Épinal.

JUSTIN OUVRIÉ (SUITE)

69 — A Rotterdam.

70 — Casse, sur la Moselle.

71 — Trèves, sur la Moselle.

72 — Le Bourget, sur le Lac.

73 — Wurtzbourg.

74 — Canal d'Anvers.

75 — A La Haye.

76 — Schevening, Belgique.

77 — Boppart, sur le Rhin.

78 — Rhiswick.

JUSTIN OUVRIÉ (SUITE)

79 — A Rotterdam.

80 — Canal de Risswick, à La Haye.

81 — Cologne.

82 — Saint-Goar, sur le Rhin.

83 — Alby, en Savoie.

84 — Château de Châteaudun.

85 — Château de Laroche, Bretagne.

86 — Aigues-Mortes.

87 — Vue de Nice.

88 — Marine.

JUSTIN OUVRIÉ (SUITE)

89 — Beaucaire.

90 — Brefvillers.

91 — Barrière de Pantin.

92 — Vue de Venise.

93 — Traben, sur la Moselle.

94 — Paysanne du Mont-d'Or.

95 — Londres.

———o-◊-o———

JUSTIN OUVRIÉ (SUITE)

Sépias.

96 — Rekiawick, en Islande.

97 — Saint-Just de Valcabrère.

—~~~~ᴧᴧᴧᴜᴜᴧᴧᴧᴧᴧᴧᴧᴧᴧ~~~—

RENOU et MAULDE, imprimeurs de la Compagnie des Commissaires-Priseurs, rue de Rivoli, 144.   9075